연두맛 사탕

•북트레일러
영상 보기!

(사탕의 맛)

연두맛 사탕 이네 글·그림

1판 1쇄 펴낸날 2021년 10월 30일
1판 3쇄 펴낸날 2022년 6월 20일
펴낸이 이충호
펴낸곳 길벗어린이㈜
등록번호 제10-1227호
등록일자 1995년 11월 6일
주소 04000 서울시 마포구 월드컵북로 45 에스디타워비엔씨 2F
대표전화 02-6353-3700
팩스 02-6353-3702
홈페이지 www.gilbutkid.co.kr
편집 송지현 임하나 이현성 황설경 김지원
디자인 김연수 송윤정
마케팅 호종민 신윤아 김서연 이가윤 이승윤 강경선
총무·제작 최유리 임희영 김혜윤
ISBN 978-89-5582-622-7 74810, 978-89-5582-621-0 (세트)

ⓒ 이네 2021
이 책은 저작권법에 따라 보호받는 저작물이므로, 저작권자와 길벗어린이㈜의 허락 없이는 이 책의 내용을 쓸 수 없습니다.

연두맛 사탕

자꾸만
신경 쓰이는
…맛

이네 글·그림

길벗어린이

연두맛 사탕	사랑의 훼방꾼	꼭 하고 싶은 말	너를 좋아해
9	27	42	59

고백	내 마음의 행방	슬픈 인사	여전히 너를
80	93	114	130

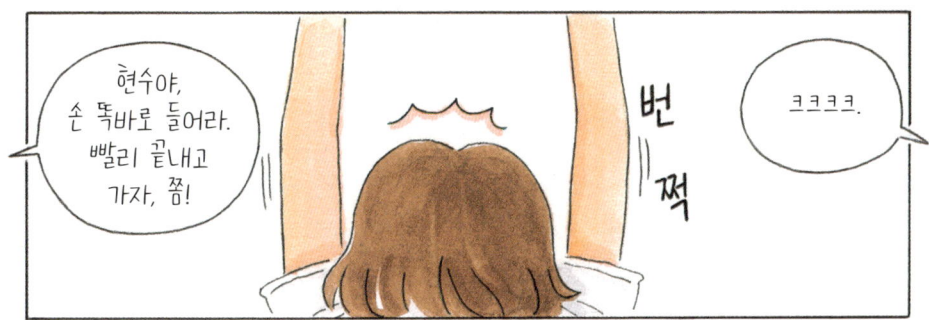

우리의 악연은 새 학기 첫날부터 시작됐다.

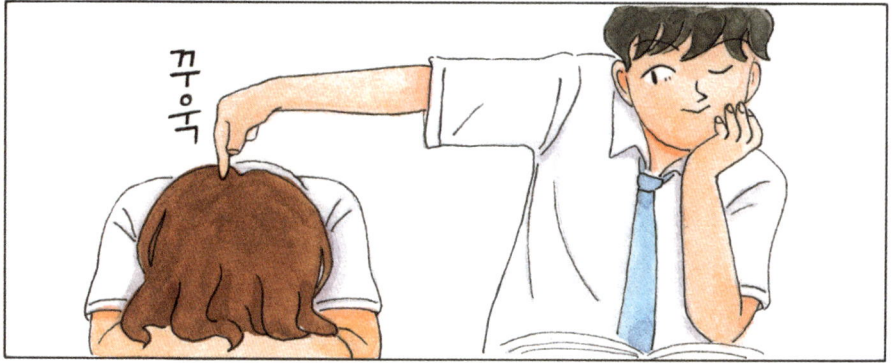

나는… 지우가 자꾸만 신경 쓰였다.

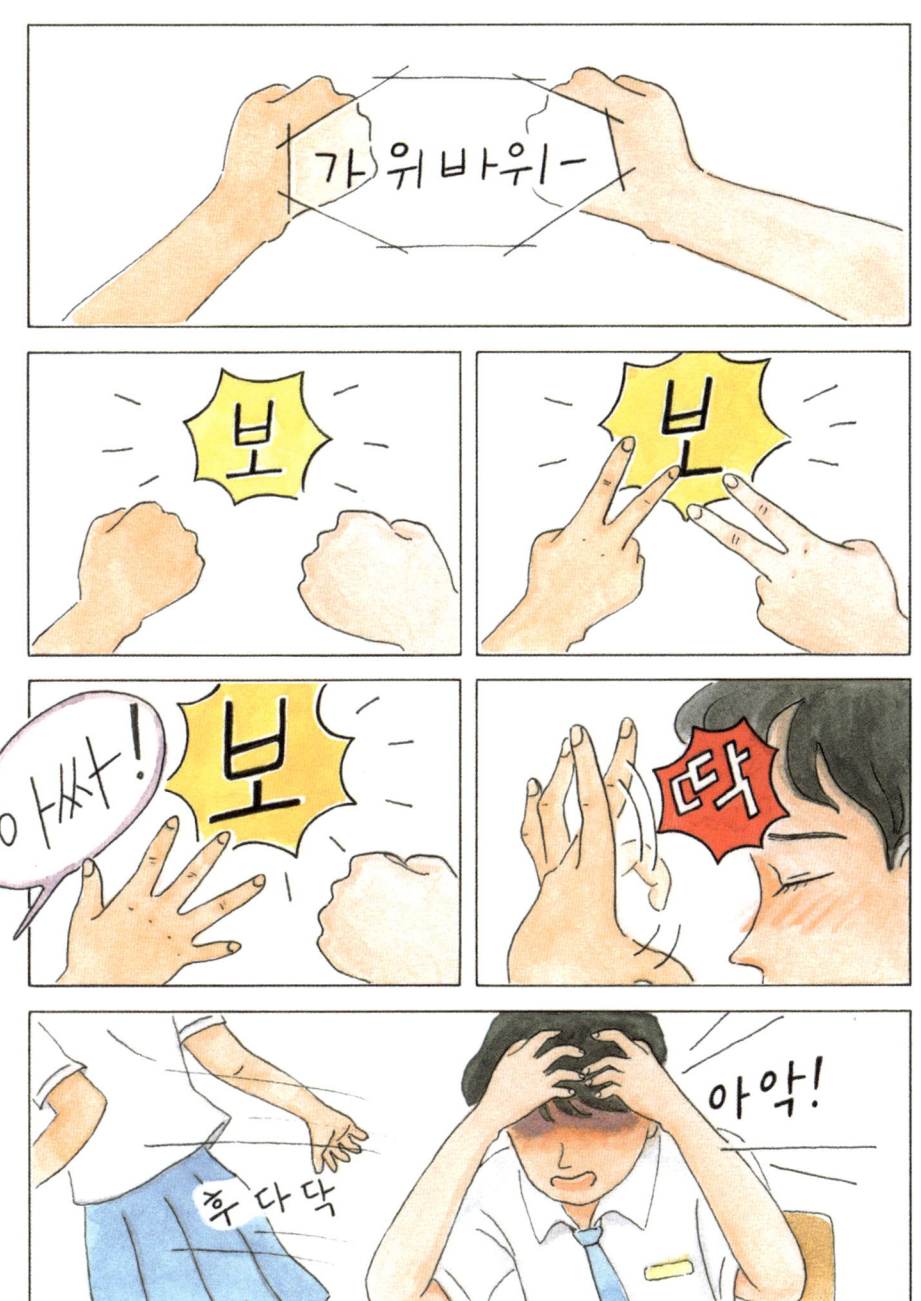

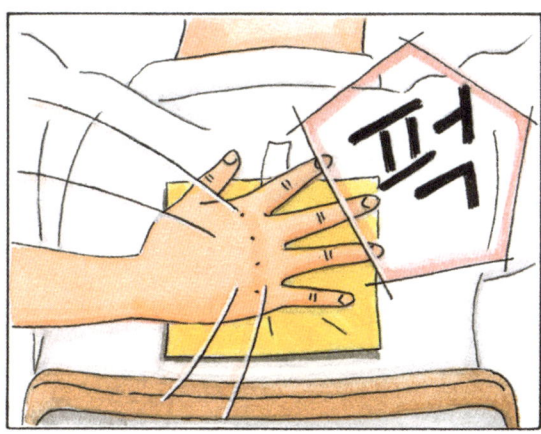

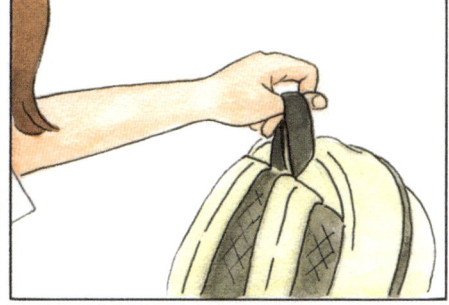
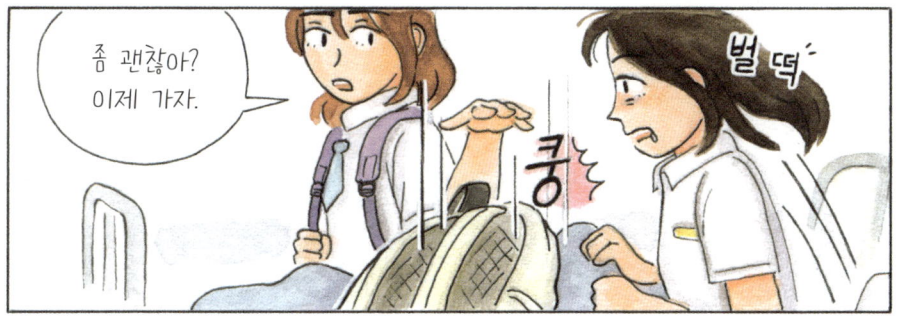

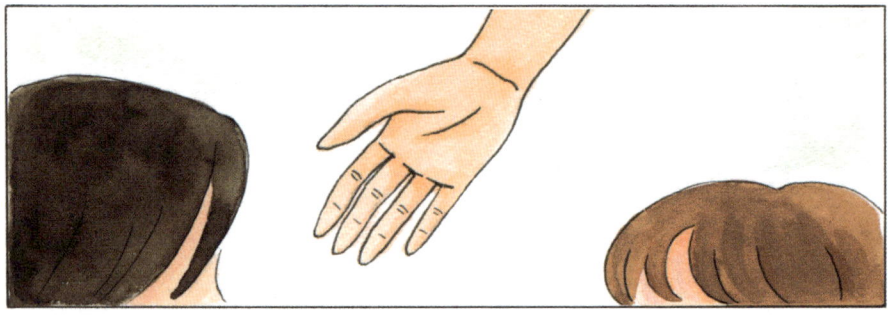

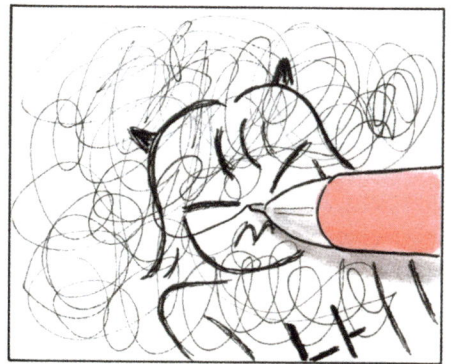

사랑의 훼방꾼 이초원? 아니면… 나?

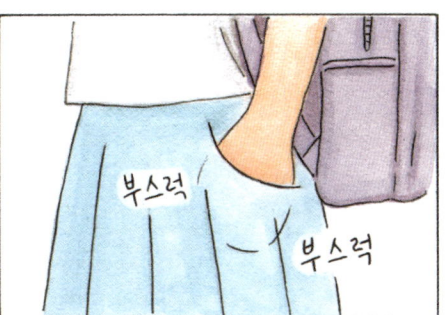
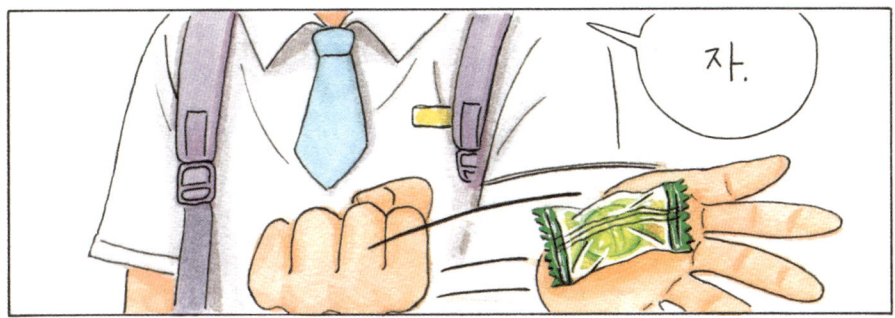
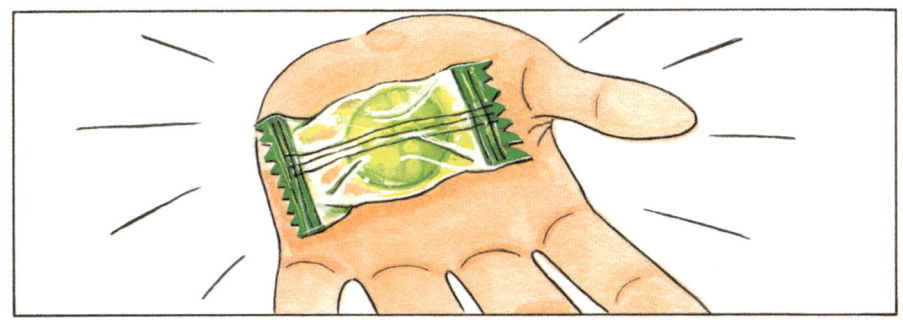

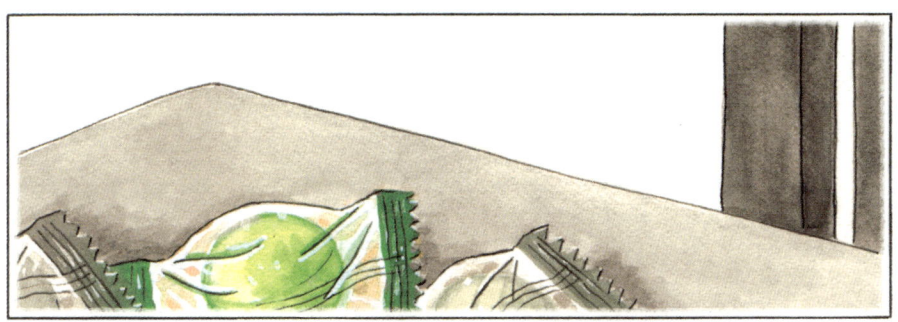

너한테 꼭 하고 싶은 말이 있었는데….

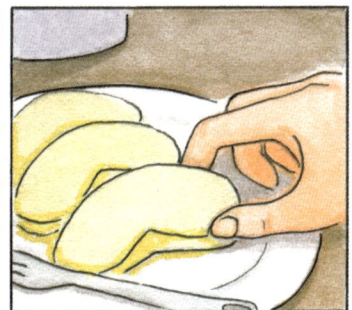

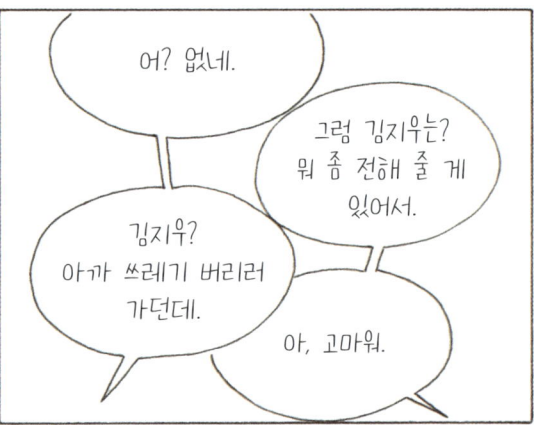

처음엔

제법 새콤한데…

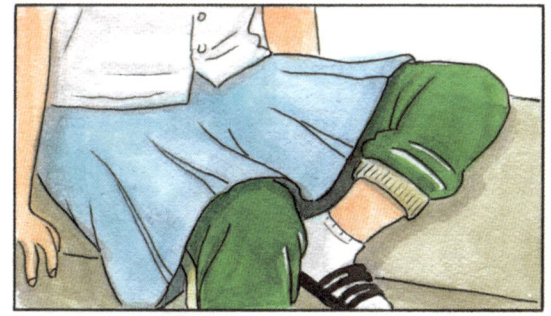

네가 그리는 꿈을 그때 나는 잘 이해하지 못했어.

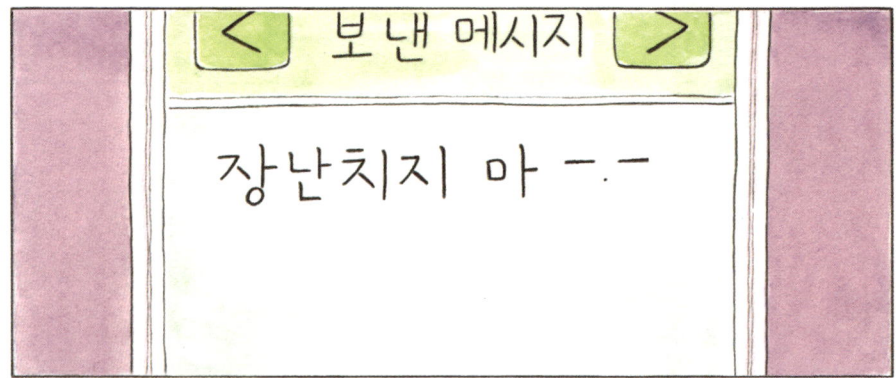

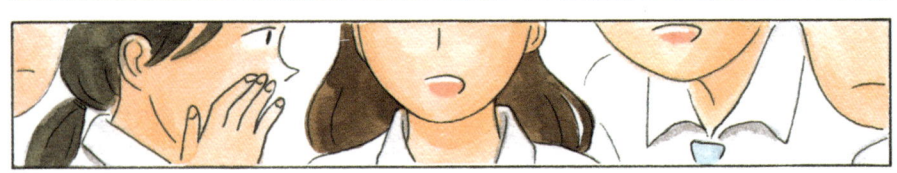

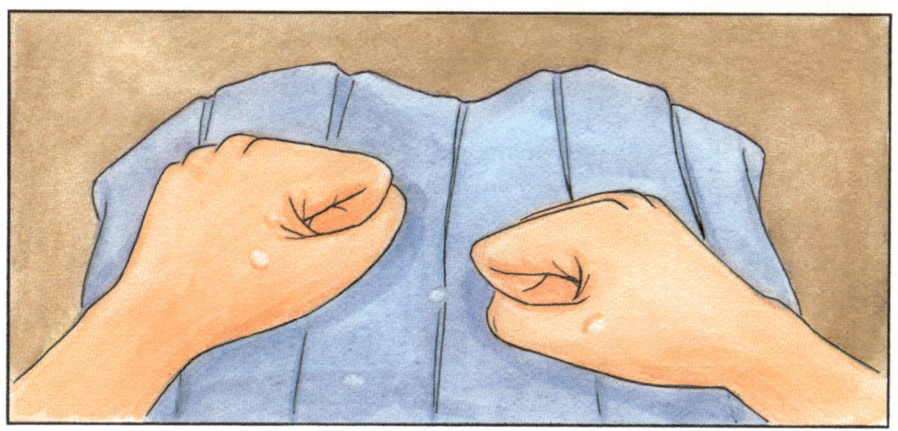

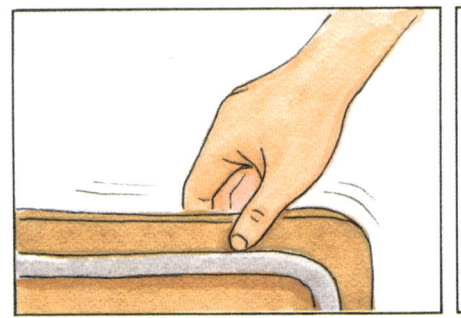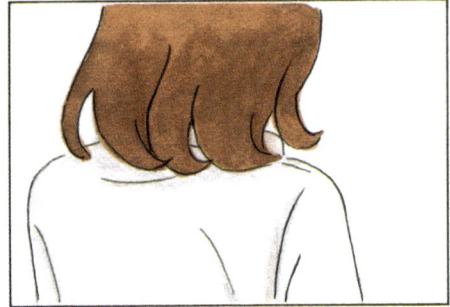

어쩌면 처음부터

...

정해진 이야기였을지도 모른다.

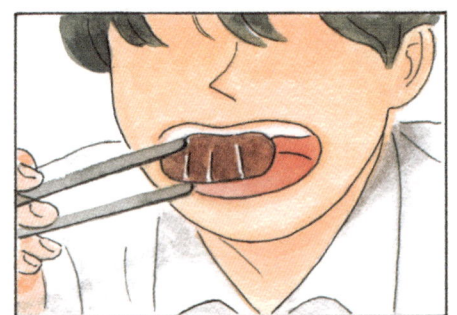 

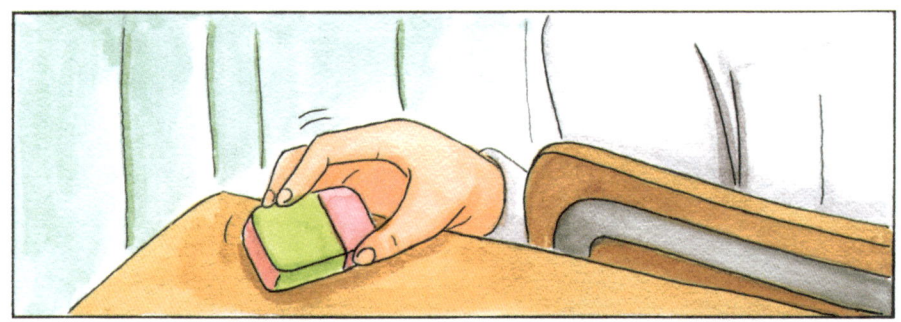

현수 걔…

아무리 좋아하는 사람 있어도

이제까지 절대 티 안 냈어.

그런데 너한텐 엄청 티 나더라.

바보같이···.

슬픈 인사

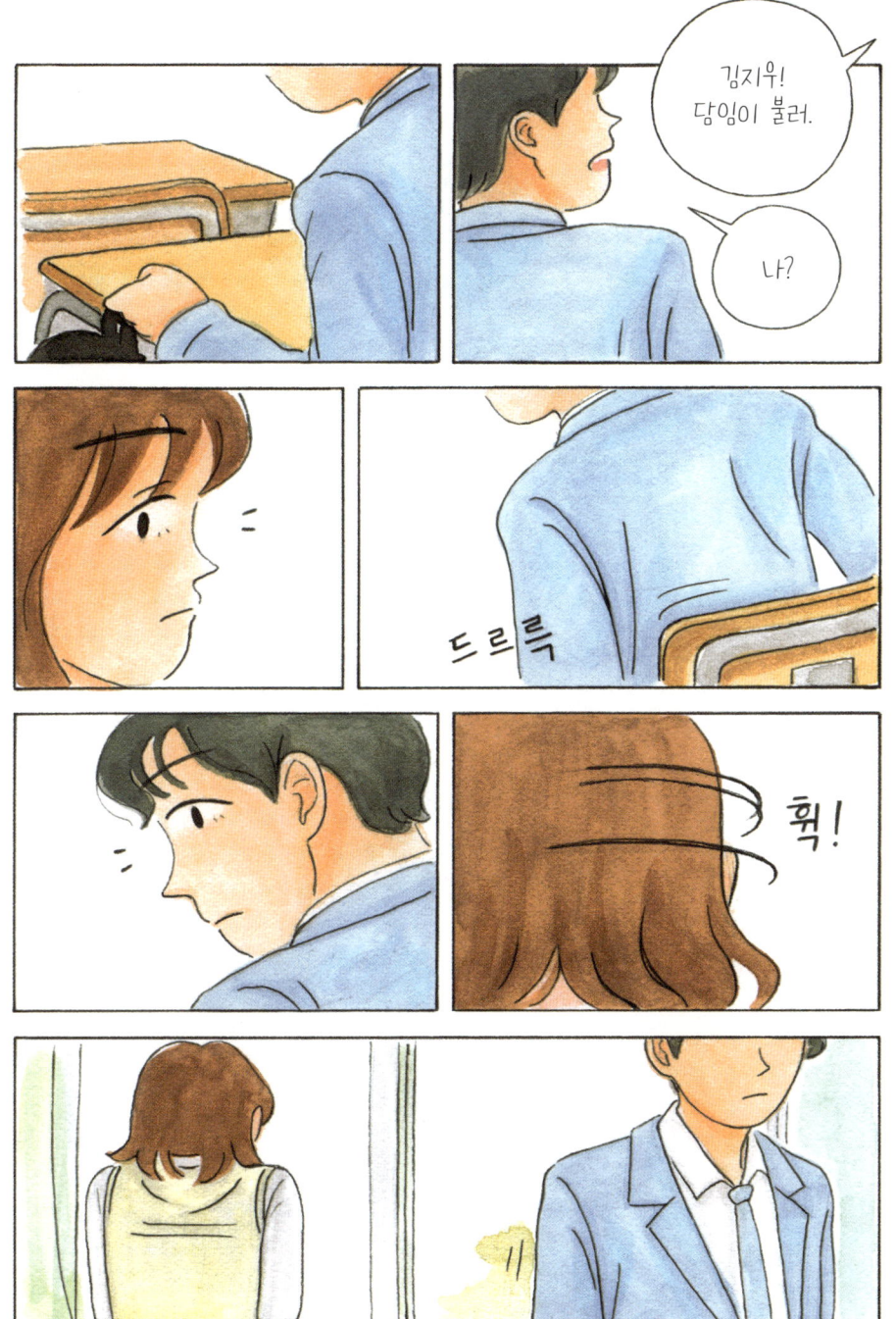

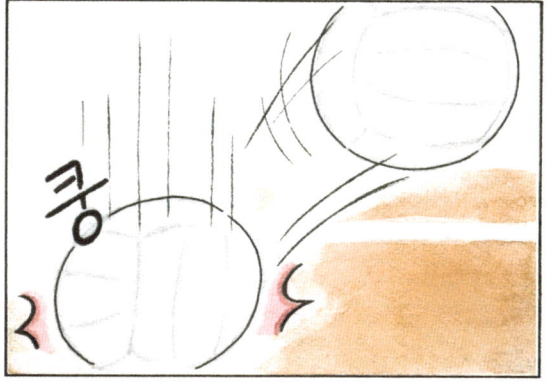

이별은 그렇게 불쑥 찾아왔다.

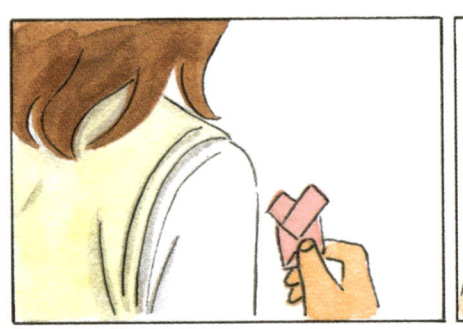
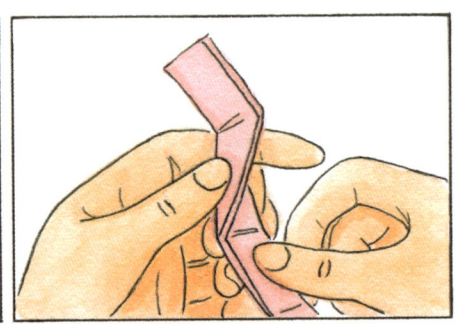
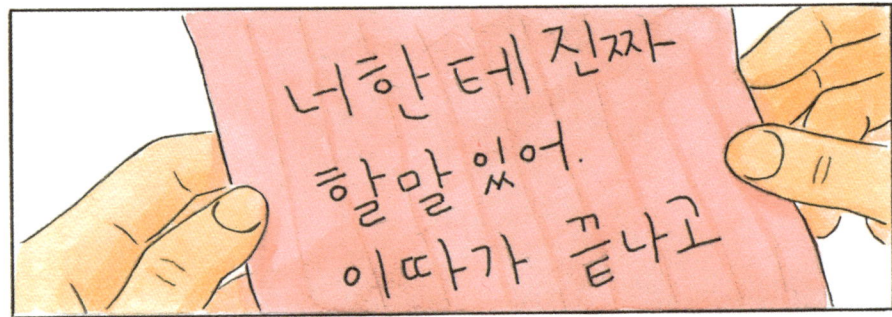

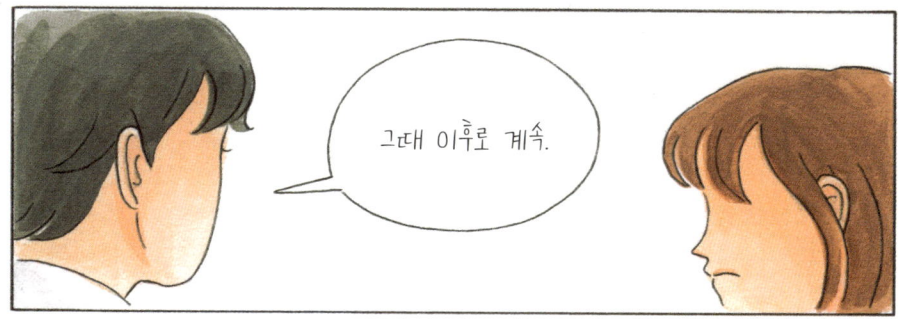

나의 서툴렀던…

첫사랑은…

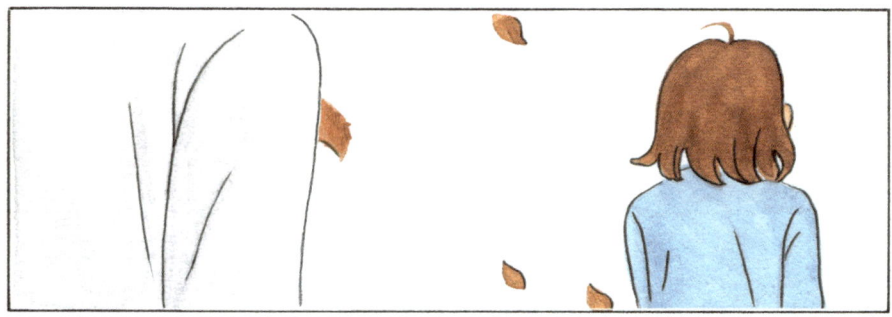

그렇게…

사라져 버렸다.

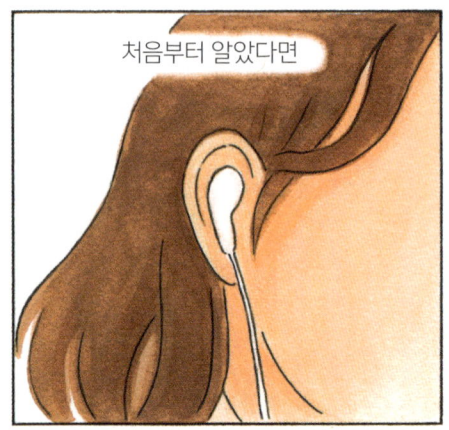

어떻게 지내고 있을까, 넌?

나도 사실은 겁이 났었나 봐.

뭐? 다 알면서 모른 척은.

너 솔직히 말해 봐.

너도 지우 좋아했지?

음… 아주 잠깐?

진짜?

에이, 장난이야. 좋아하기보단 질투였지.

나보다 너하고 더 친해 보이니까 짜증 나잖아. 그놈의 자식!

뭐? 푸하하!

왜 다들 그런 시기가 있잖아.

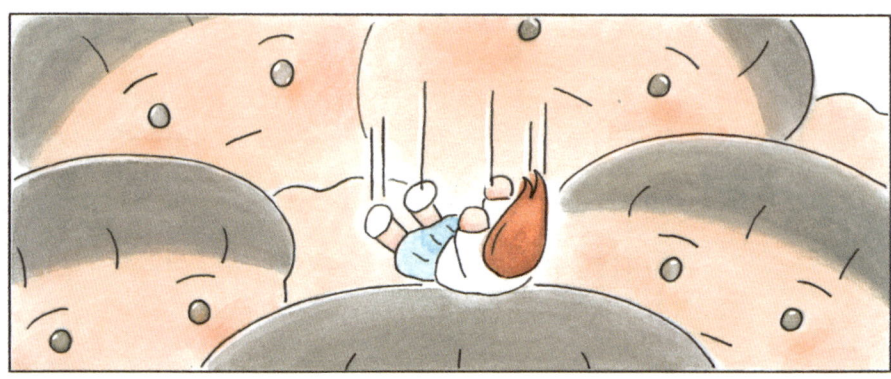

온 세상이 한 사람으로 가득 차 버려서

다른 건 아무것도 생각할 수 없었던….